世界文學台讀少年雙語系列4

台法雙語 ——◇—— 附台語朗讀

拉封丹寓言集1

蟬á kah 狗蟻

原著 | Jean de La Fontaine   插畫 | Asta Wu

台譯 | 林豪森   主編 | 陳麗君   潤稿 | 林裕凱・邱偉欣

序 一
世事無奇

　　Jean de La Fontaine(拉封丹)(1621-1695)是法國十七世紀出名ê文學詩人,伊ê寓言集內底ê故事誠tsē是對古希臘、古羅馬kap古印度ê寓言故事來改編,主要是以動物kap大自然做主題。除了法文文筆優雅以外,全時mā反映彼當時社會ê實況,內容兼具文學kap文化深探ê趣味。舊年拄好是伊別世四百週年,法國沃子爵城堡(Château de Vaux-le-Vicomte)ê業主為著beh紀念伊,特別舉辦相關ê特展,kā寓言集故事ê場景結合科技再現,看--過ê人lóng o-ló。

　　《La Fontaine寓言集》lóng總有十二卷,大約二百四十篇ê故事,是伊開將近三十冬ê時間骨力創作ê成果,日後koh成做法文文學ê經典之一。Tsit本冊目前翻譯第一卷內底ê二十二篇短篇故事,藉著動物、大自然kap人物之間ê關係,hōo讀者家己想像抑是kap現實生活做連結,為無全年紀ê讀者反映出身歷其境ê感受。

　　翻譯tsit本冊ê過程,總是hōo阮想起學習法文ê過往。對開始學習法文到táuh-táuh-á會曉唸法文,koh到tsit-má捌較tsē法文,tsit个猶koh咧學習ê過程一直是以法文kap華語對照為主。心肝內mā有想過,敢有可能用法文kap台語來對照?!Tī tsia,誠心感謝本系列ê主編陳

麗君教授hōo阮有機會實現tsit个夢想，另外mā beh感謝林裕凱kap邱偉欣老師ê潤稿，hōo tsit本台語翻譯讀本koh-khah有閱讀ê趣味，iah-koh有Tsiā Huī-tsing老師頂真ê校對。Tsit本冊ê出版是逐家同齊合作ê成果，勞力。向望讀者無棄嫌，歡喜來讀冊。

林豪森

◆◆◆◆　◆◆◆◆　◆◆◆◆　◆◆◆◆　◆◆◆◆

譯者

序二

起造台文之路 永續台灣命根

　　Tng台語tàuh-tàuh-á tī台灣文化中失去地位ê時,濟濟人無koh kōo台語來交流。Suah m̄知台語是台灣tòk-iú ê文化資產之一,是咱ê語言文化遺產,所pái保存台語對台灣來講kài重要。

　　保存台語毋是beh紀念過去,是beh維護tsit-má kah未來ê文化多樣性。台語是一款語法、詞彙和發音不止仔特殊koh豐富ê語言。Tsiáp聽tsiáp講m̄-nā幫贊咱了解台灣ê文化kah歷史,koh會當準確表達情感kah思想。

　　Beh保存一種語言siōng好ê方式就是鼓勵人tsiáp講。咱會當透過辦台語論壇、文學比賽、音樂表演,甚至tī教育中增加台語課程等等。當然,政府mā應該制定相關法律和政策來保護kah推廣台語。

　　除了公部門ê政策推sak,民眾mā ài有共同保存台語ê意識。Uì家己開始,增加講台語ê機會,台文寫作、閱讀等。這小小ê改變對保存kah傳承台語ê工程就會有大大ê效益。

　　台北天母扶輪社自來對台灣本土文化、語言、藝術ê保存kah推廣lóng盡心盡力,koh tī 2012年時成立「美哉福爾摩沙委員會」,褒獎台灣本土作家、舉辦台語講座、設獎助金鼓勵台語文研究,甚至贊助發行世界名著ê台文翻譯,

盡所有 ê 可能發揮阮上大影響力，就是 beh hōo 少年輩--ê 認同咱家己 ê 台灣文化，誇口 o-ló 台語 ê 嬌。

　　總講一句，保存台語是一个硬篤 ê 任務，需要政府、學術界、文化機構和大眾共同拍拚。Tsìng-lâng sio-kīng，台語 tsiah 有才調 tsiânn-tsò 台灣文化 ê 重要資產。這擺和成大台文系合作出版 ê《拉封丹寓言集 1 —蟬 á kah 狗蟻》是阮經典世界文學台譯雙語青少年閱讀系列出版計畫 ê 第四本冊，相信這系列 ê 冊會 tsiânn-tsò 新世代台語教育 tsit-phō 特選 ê 教材！

陳柏良 Brian Chen

◆◆◆◆　◆◆◆◆　台北天母扶輪社 第四十一屆 (2022-2023) 社長

序三

Khiā 台灣，看世界！

21世紀後疫情時代，台灣 ê 優等表現得 tiòh 國際上 bē 少支持 kap 肯定。台灣認同覺醒，hōo 咱 khiā 起 tī 世界舞台 kap 全球競合。Suà--落來，ài án-tsuánn 掌握時勢展現 Taiwan can help ê 能量 leh？個人認為發展「全球在地化」（Glocalization）ê 思維 hām 行動，推動「在地全球化」（Logloblization）ê 行銷 kài 重要。以 tsit 款思考 ê 理路來應用 tiàm 教育發展，mā 一定是落實教育 ê 子午針。

咱 tsit 套《世界文學台讀少年雙語系列》讀物是為 tiòh beh 建立青少年對「在地主體 ê 認同」以及 hùn 闊「世界觀」雙向 ê 目標，按算 thai 選「英美、日、德、法、俄、越南」等國 ê 名著，進行「忠於經典原文 ê 台文翻譯 kap 轉寫」，做雙語（台語／原文）ê 編輯發行。向望透過 tsit 套冊 kap-uá 世界文學，推廣咱 ê 台語，落實語文教育 kap 閱讀 ê 底蒂。透過本土語文閱讀世界，認 bat 文化文學，才有法度翻頭轉來建立咱青少年對自我、台灣土地 ê 認同。Tī 議題 ê 揀選，為 beh 配合國家語言發展法，融入 12 年課綱 ê 題材，mā 要意聯合國永續性發展目標（Sustainable Develpoment Goals, SDGs），親像性平教育、人權教育、環境教育等議題，會使提供多元題材，發展全人教育 ê 世界觀。台語文字（漢羅 thàu-lām）koh 加上優質配音，真適合自學 hām 親子共讀。

「語言是民族ê靈魂、mā是文化ê載體」，真知影「本土語文青少年讀物」tī質hām量是tsiah-nī欠缺，本人tī 2017年4月hit當時開始寫tsit份「台語世界文學兒童雙語閱讀計畫」beh出版。是講哪有tsiah容易？Kiánn beh生會順序，mā ài有產婆！咱台灣雖罔有70%以上ê族群人口使用台語，kāng款mā是tshun氣絲仔喘leh喘leh，強欲hua--去，因為有心beh推sak iáh-sī發心beh贊助ê專門機構真少。Ná-ē知影3年後2020年ê開春，翁肇喜社長引領扶輪社「福爾摩沙委員會」ê要員，對台北專工來到台南開會，開講tióh「台灣語文教育ê未來發展」ê議論，因為tsit个機緣，tsiàng時tsit套有聲冊才有thang出世。

　　幼嬰á出世麻油芳，事工beh圓滿mā ài感謝咱上有本土心本土味ê前衛出版社提供印刷ê協助，本團隊無分國籍所有ê雙語文翻譯、潤稿校稿ê老師，以及錄音團隊共同努力所成就--ê。我相信suà--落來ê水波效應所反射出來ê魚鱗光，絕對m̄-nā是kan-na帶動台語文冊ê出版，更加是台灣本土語文ê新生kap再生！

陳麗君

國立成功大學台灣文學系教授

「世界文學台讀少年雙語系列」企劃主編

◆◆◆◆　◆◆◆◆

目次

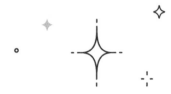

TABLE DES MATIÈRES

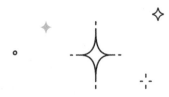

拉封丹寓言集1

台譯｜林豪森　主編｜陳麗君　潤稿｜林裕凱・邱偉欣

原著｜Jean de La Fontaine

◆◆◆◆◆

蟬 á kah 狗蟻

蟬，樂暢 hainn 歌，規个熱天。

冷風吹面，伊才發見家己空 lo-so，蟲豸無半隻。

伊對 tuà tī 厝邊 ê 狗蟻哀聲枵飢，kā 伊懇求，kám 通借米糧，hōo 伊會得擋到開春時。伊講：「我一定會還--你，這是動物 ê 約束，tī 八--月進前，本錢掛利息！」

出借米糧無意願，狗蟻心內有缺角。

「熱--人，你 lóng teh 創啥 ah？」伊 kā 前來借米糧--ê 問。

「暝日我 lóng teh 唱歌 hōo 人聽，你 kám 無佮意？」

「唱歌？我真歡喜。Tann，請你 tsit-má 跳舞！」

烏鴉 kah 狐狸

　　烏鴉仙歇 tī 一欉樹á頂，懸懸ê所在，一塊 tshì-jú 咬 tī 喙。狐狸仙 hōo 芳味 siânn--著，就 kā 伊講：「Eh，gâu 早，烏鴉仙，你實在真嬌！我感覺你有夠飄撇！無白賊，你ê歌聲若 kah 你ê羽毛有 tàu-tah，你就是樹林內鳥類ê鳳凰 lah！」

　　Tsia-ê 話烏鴉仙聽了無特別歡喜，就 beh 展伊美麗ê聲音，伊喙開開，咬ê物據在伊落--去。狐狸承--著，講：「好先生，請了解所有扶挺ê人，lóng 倚靠聽信伊ê人 teh 賺食，tsit 門課價值一塊 tshì-jú！」

　　烏鴉見笑 koh 頭眩，雖然有 khah 晏，咒誓袂 koh 跋入陷阱！

◆◆◆◆

田蛤á想beh變做牛hiah大

一隻田蛤á看著牛，伊感覺tsit隻牛大隻kah拄拄á好，伊家己，無大隻，顛倒像一粒雞卵。欣羨kah，伊就伸身，漲大，兼出力！

為著 beh kah tsit 隻動物平大隻，koh 講：「斟酌看 heh，我 ê 好姊妹，按呢有夠大--bô？Kā 我講，我按呢是毋是猶無夠？」

「無夠喔！」

「Ah 按呢 leh？」

「完全無夠！」

「Ah 按呢 leh？」

「你猶差 kài tsē leh！」

Tsit 隻動物á phí，直直漲、直直漲，suah piak--破！

無智慧 ê 人通世間，所有 ê 有產階級 lóng 想 beh kā 厝起 kah 像大地主按呢，便若小王子 lóng 有大使，便若侯爵 lóng 想 beh 歷史留名。

◆◆◆◆

兩隻騾á

兩隻騾á tī路--nih行，一隻馱燕麥，一隻馱Giá-bé-loh* ê稅金。

馱稅金--ê感覺所馱是tsiah光榮美麗，lóng無huah艱苦。

伊行真大伐，kā伊ê giang-á hàinn振動。

敵人出現ê時，因為in愛--ê是金錢，規陣tshînn倚去馱稅金ê騾á，tsang伊ê喉hâm kā伊擋恬。騾á抵抗，感覺身軀hōo刀á túh--過，伊hainn呻、伊怨嘆！

「Kám講，」伊hainn：「這是我所注該？Ah tsit隻綴我後壁行--ê入險境ê騾á，suah通脫身，ah我suah tī tsia beh死ah！」

伊ê同伴kā伊講：「友--ê，重要ê職位無通總好，假使你若kan-na是米絞頭家ê辛勞，像我按呢，你就袂按呢來受傷ah！」

· Gabelle 翻譯做 Giá-bé-loh 是音譯，原來 ê 意思是法國 Gabelle 地區 ê 鹽稅，是 teh 比喻無理 ê 重稅。

狼 kah 狗

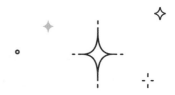

Tsit 隻狼瘦 pi-pa，因為狗 lóng 守衛 kah 密 tsiuh-tsiuh。

Tsit 隻狼拄著一隻顧門狗，嬌 koh 飄撇、高長、有禮貌，suah 無細膩行毋知路。

攻擊，kā 伊 liah hōo 碎 kôo-kôo！狼 ê 心內全暗路。

是講，著愛相拍，tsit khoo 顧門狗 tsiah 好漢草，夠額防衛。

狼自按呢採取低姿態去倚近--伊，kah 伊開講 kā 伊褒，真好漢草伊 o-ló，tsit 个體格伊欣慕！

狗 kā 伊應講：「這在你 lah，緣投á兄，若 beh 像我按呢勇壯，著離開樹林，你 ê 日子會過了真好。恁同類 tī hia 過 kah 足悽慘、落魄、可憐，koh 是低路 ê 歹物，tsit 款狀況是會枵--死--ê！為啥物 leh？因為一切 lóng 無保障，無通食輕可，lóng 著 tī-teh 刀喙討。綴我來，你就有好將來！」

狼 suà teh 講：「我應該做啥物？」

狗講：「啥物 lóng 毋免。Kā 獵物 hōo 攑棍á ê 人，才 kā 伊討；扶挺厝內 ê 人，也著巴結主人。按呢你所得 ê 報償會是各種腥臊：雞骨á、粉鳥á骨，免講 koh 會 tsiáp-tsiáp kā 你挲！」

狼已經 teh 做幸福 ê 美夢 ah，這 hōo 伊感動 kah 吼--出來！

路--nih，伊看著狗 ê 頷頸 liù-liù ê 所在，「這是啥物？」伊問。

「無啥 lah！」

「Hãnn？無啥物？」

「小事 niâ。」

「是按怎 lah？」

「我頜頸掛 ê 鍊 á lah，造成你看--著 ê liù 毛。」

「Hōo 人鍊 leh？」狼講：「按呢你就袂當去你愛去 ê 所在 ah？」

「無 lóng 按呢 lah，而且 ná 有要緊？」

「這誠要緊！所有你 ê 食物我一點 á to 無愛 tih，就算 hia--ê 價值 ná 財寶，beh hōo--我，我 mā 無愛！」

講了，狼 á 仙就緊 liu-suan，走敢若飛！

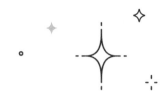

牛母、山羊母、綿羊母 kah 獅 á tuà 做伙

　　牛母、山羊母、綿羊姊妹 kah 一隻風神 ê 獅 á 大王 in tuà 做伙，講好，收成 kah 損失 lóng 逐家分 phenn。

　　山羊母 ê 陷阱掠著一隻鹿 á，伊 suî hông 送到同伴 ê 面頭前。

　　逐家 lóng 來到位，獅 á 用伊 ê 手爪算，講：「Lán 四个來分 tsit 隻獵物。」了後，伊 suî kā 鹿 á liah 做幾若塊，伊 kā 第一塊提起來講：「Tsit 塊就是我 ê。」koh 講：「理由 neh，因為我叫做獅！」

對這，lán 無話通講。

「第二塊，照法律行，也著歸我，tsit 條恁 lóng 知影，是上勇--ê ê 權利。因為上勇，我愛 beh 提第三塊，恁啥物人若敢動第四塊，我就 suî kā 伊 tēnn--死！」

包袱 á

　　有一日Jupiter*講:「所有會喘氣--ê來,lóng來我莊嚴ê跤tau前互相比並。若有人發現kah棄嫌家己身軀ê款式,毋免驚惶會當講--出來,我會補救tsit款代誌。」

　　「來,猴山--á你代先講,原因真明,你看tsia-ê動物,in ê美麗kah你--ê比較,你有滿意--bô?」

　　伊講:「我?為啥物無滿意?我ê四肢kám無kah其他--ê平好?到tann來看,我ê面貌無啥物通好棄嫌

・Jupiter 是古羅馬眾神 ê 王,親像希臘 ê 宙斯。

lah！毋過，我 ê 兄弟『熊』，伊就做 kah 潦潦草草，伊若 beh 信--我，伊絕對袂 tshiànn 人 kā 伊畫小影！」

熊踏進前，逐家叫是伊 beh huah 冤枉，結果毋是。伊家己足滿意家己 ê 容貌，suah teh 講象，講若 kā 伊 ê 尾溜加長，耳 á 割 sak，伊就是歹看 koh 無美感 ê 大箍把！

象聽--著 ah，聰明 ê 伊卻也講出 tsia-ê 話，伊用家己 ê 胃口，評論海翁女士食 kah 無站節。Ah 狗蟻女士 suah 感覺螞 siunn 細，家己袂輸巨獸。

Jupiter kā in lóng 辭退，in lóng 滿意家己，毋過批評別人。不而過，tī tsia-ê 無正常內底，lán 人上 gâu，因為 lán lóng 是按呢，山貓是 lán 同伴，鼩鼠是 lán 家己。

Lán 原諒家己 ê 一切，suah 一屑 á lóng 袂放別人過，lán 看待家己 kah 同伴 ê 眼光無仝。

至高 ê 創世者，用仝款 ê 方式，kā lán 做成揹包袱 á ê 人，不管過去抑是 tsit-má，伊做 ê 包袱 á，後壁--ê 是 beh té lán 家己 ê 欠點，頭前--ê 是 té 別人 ê 失察。

燕á kah鳥á

一隻燕á tī旅程ê路途，學著真tsē，無論啥人若看有夠，lóng會學著真tsē。

Tsit款鳥á學會曉看報頭ah，而且是tī風kah雨猶未生成進前，就通知水手。

Hit時是麻á teh iā種，伊看著一个人tī-teh犁田，「這hōo我看著不安！」伊對鳥á講。

「我同情--恁，對我來講，這是極端危險，我會走閃離遠遠，抑是去別位討食。恁kám有看著hit肢tī空中teh iȧt ê手？有一日，免偌久，伊會顯出恁ê滅亡！

Tsia 會出現毋知名 ê ke-si kā 恁踏 leh，he 是 beh 掃--恁 ê tauh-á，總講--一句，真 tsē ke-si tī 時期到 ê 時，就會 hōo 恁死亡抑是成做恁 ê 監牢。著細膩 hia-ê 鳥籠 á 抑是鼎！」

燕á kā in 講：「相信--我，thok 粟á 會出代誌！」

鳥á kā 伊笑，in tī 田--nih tshuē 著偌 tsē 物件 leh。

Tī-teh 麻á 猶青綠 ê 時，燕á kā in 講：「緊 kā tsia-ê 會生不吉 ê 粟á 栽 lóng 一欉á 一欉挽掉，若無，恁穩死無活！」

「拍觸衰 ê 先知 ah，足愛 thih-siông neh！」In 講：「你 thài 會 tsiah 好心 kā 阮講，看--起來，阮愛有一千人來 kā tsit 坵田總清！」

麻á 猶 lóng 青綠 ê 時，燕á 補充講：「Tsit 个情勢無好，不吉 ê 粟á 提早結，但是到 tann 逐家 lóng 毋相信--我！Tng 恁看著規片土地 hōo 粟á khàm leh，麻á 結穗，人開始有閒，就會對鳥á 開戰，用鳥á 踏 kah 網

á來掠--恁！

Hit時恁就oh koh飛來飛去，tuà厝抑是徙岫lóng
袂定著，像鴨á、鶴抑是塗籠歌鳥按呢生！

是講，恁袂當按呢生，阮會當飛過沙漠kah湳地，
mā毋免去tshuē另外一个世界。按呢生，恁kan-na
tshun一个辦法是確定--ê，就是去tshuē一个壁空
bih--起來！」

鳥á對伊講ê話感覺ià-siān，jû-ká-ká，ki-
ki-kiuh-kiuh，親像hit時Trojans* ê情景，可憐ê
Cassandre* kan-na會當嗷á開開。In lóng行著全
款ê路，足tsē鳥á活kah若像hōo人掠著ê奴隸。

Lán kan-na beh聽家己本性ê意向，毋信不幸
beh來到！

· Trojans原文是Troyens，是teh講tuà tī特洛伊(Troie)古城ê居民。
· Cassandre是Troie ê公主，傳說伊預言希臘軍隊beh用木馬進攻
　Troie城，毋過無人相信--伊，落尾毋但城hōo希臘軍隊攻下，死
　傷mā真慘重。

城市鳥鼠
kah庄跤鳥鼠

　　古早，城市鳥鼠beh請庄跤鳥鼠，用真文明ê款待，山珍菜、雪雀烘肉。Tī土耳其ê地毯頂懸，碗盤lóng款好勢。

　　我hōo恁想看覓，in兩个朋友生活按怎過？

　　菜色hōo人足滿意，宴會該有--ê lóng有。聚會tng-teh進行，suah有人來攪擾。

　　Tī房間門hia，in聽著聲，城市鳥鼠逃走，同伴綴伊liòng起跤。

「聲音停止 lán 來轉。」庄跤鳥鼠 suî kā 伊講。

城市鳥鼠講：「烘肉 lán kā 食 hōo 完！」

庄跤鳥鼠應：「我已經是飽 koh 醉，明á載來阮 tau 請--你，我雖然排袂出你 hit 款 ê 腥臊，毋過無人來攪吵，我通寬寬á食。再會，無啥通歡喜 lah，驚惶 kā 伊齊破壞了了！」

狼 kah 羊á囝

強權ê道理往往是上好ê道理，lán suî來證明。

一隻羊á囝tī tshan-tshan流ê清氣溪邊lim水，一隻腹肚枵ê狼tng-teh tshuē機會，枵飢siânn伊來到tsia。

「你kā天借膽，我beh lim ê水你kā用kah濁濁？」Tsit隻氣phut-phut ê動物講：「你tann著愛為你ê懵懂受罰！」

羊á囝回答：「Tsit位先生，mài hiah-nī受氣，我lim水ê所在有teh流振動，hia koh是tī你指ê所在

二十步ê水尾,所以我絕對無可能kā你ê水lā thái-ko!」

「就你lā kah濁濁--去!」

Tsit隻殘毒ê野獸應:「而且我知影你舊年有講我ê歹話!」

「舊年我to猶袂出世leh,是beh按怎講你ê歹話?」羊á囝回答,「我猶teh hōo阮阿母io neh!」

「若毋是你,一定是恁阿兄!」

「我無阿兄ah!」

「按呢的確是恁羊族ê人,因為恁lóng毋kā我諒情,恁、牧羊人和伊ê狗á。有人kā我講,我愛報仇!」

Tī水頭,深山林內hia,狼kā羊á囝咬去拆食落腹,lóng免其他ê審判過程。

人 kah 伊 ê 影

獻 hōo La Rochefoucauld 公爵 *

一个愛家己愛 kah 無比止 ê 人，tī 頭殼內底掠準家己是世間上緣投，伊往往指 tu̍h 鏡講伊毋著，tī 誠深 ê 風 hàm 內底樂暢生活。

為著 kā 伊治好勢，殷勤 ê 運命之神，逐不時 tī 伊 ê 面頭前顯現，婦 jîn 人 teh 使用 ê「é-káu 顧問」：厝內 ê 鏡、做生理 ê 鏡、情人 lak-tē-á 內底 ê 鏡 kah 縛 tī 婦 jîn 人褲帶 ê 鏡。

· 伊 ê 原名是 Le Duc de La Rotsefoucauld，法國十七世紀 ê 貴族，mā 是寓言作家。

Lán tsit 个自戀 ê Narcisse* 會創啥？伊會 kā 家己關 hōo ân-ân，tī 伊想會著--ê 上 iap-thiap ê 所在，毋敢面對鏡，體驗冒險 ê 旅途。

毋過一條有清氣流水 ê 運河，是 tī-teh 偏僻 ê 所在，伊看著 tsia-ê 所在，suah 起性地，伊憤怒 ê 目睭想講伊所看--著是空思夢想！

伊盡量 beh 閃開 tsit 條流水，是講怎樣 leh？Tsit 條運河是 tsiah-nī-á 嬌，伊 suah 行袂開跤。

Lán 誠清楚我 beh àn 佗來，我 kā 逐家講，tsit 款非常 ê 錯誤，是逐个人歡喜維持 ê 罪過。

Lán ê 心，就親像一个熱愛家己 ê 人，鏡 hiah-nī tsē，lóng 是別人 ê 愚戇。

鏡是公正畫出 lán ê 欠點 ê 畫家，ah 若運河，lán 人 lóng 知影，就是哲諺冊。

· 法文 Narcisse 有兩个意思，一个是講「水仙花 tsuí-sian-hue」；另外一个是講希臘神話內底一个緣投毋過自負 ê 少年家 ê 名，伊 tī 水中看著家己緣投 ê 面了後，suah 毋甘走，最後死 tī 水邊，伊死 ê 所在生出一欉水仙。

Tsē頭ê龍
kah tsē尾ê龍

　　史冊有寫，有一日tī德皇ê王宮內，土耳其皇帝ê特使講伊相信伊ê主人ê威權贏過德國。

　　一个德國人接話講：「阮ê王，in有諸侯，世代繼承，強到每一个lóng有家己ê軍隊。」

　　土耳其皇帝ê特使，是見過世面ê人，對伊講：「我知影每一位君主ê名聲kah會當出偌tsē兵力，這hōo我想起一擺怪奇毋過真實ê冒險。

　　我bat tī確實ê所在，看著一隻有規百粒頭ê龍，

tng-teh 盤過籬笆，我 ê 血強 beh 堅凍，我想我上無知影通驚惶！

　　好佳哉，我 kan-na 驚惶毋過無受傷害，tsit 隻動物 ê 身軀按怎 to 行袂倚--我，mā tshuē 袂著出口。

　　我 tī tsit 擺 ê 冒險內底，siāng 時有另外一尾龍，伊有一粒頭，suah 有足 tsē 條尾 á。我 koh 一擺驚疑 kah 驚惶，袂振袂動！

　　一粒頭通過，koh 來身軀，每一條尾 á mā 通過，無啥物會當阻擋--in，一條 suà 一條！

　　我想恁--ê kah 阮 ê 皇帝 lóng 是按呢生。」

⁛。✦

賊 á kah 驢 á

　　兩个賊 á 為著一隻偷掠--來 ê 驢 á 起冤家，一个想 beh kā 伊留，一个想 beh kā 伊賣。

　　Tng tsit 兩个冠軍拳來跤去兼提防 ê 時陣，第三个賊 á 來 kā Aliboron* 先生掠--去 ah！

　　驢 á 有時親像一塊散凶地，賊 á 是一个 koh 一个 ê 君王，袂輸 Thó-huân-se-lô-bān* 人、土耳其人 kah 匈牙利人 hit 樣。

　　毋但兩个，我拄過第三个，tsit 款跤數按呢就有

・Aliboron 法文是驢 á ê 意思，mā 有戇人 ê 意思。

・Thó-huân-se-lô-bān 現此時 ê 位置 tī 羅馬尼亞中部 kah 西北部。十六世紀 hit 跤 tau，bat hōo 匈牙利王國、鄂圖曼帝國（土耳其）kah 奧地利帝國占領。Thó-huân-se-lô-bān 人 ê 法文是「le Transylvain」。

夠額 lah！

　　In mā 無人會當長期占領土地，第四个賊 á koh
來，kā in 搶劫 koh kā 驢 á 占--去！

眾神保護 ê Simonide[*]

Lán 毋通過頭 o-ló 三種人：眾神、伊 ê 情人 kah 伊 ê 國王。

Malherbe[*] 按呢講，我同意，tsia-ê 格言往往真好。O-ló 會 kā 人 ê 心 ngiau 振動，lán 來看眾神有時 mā 是按呢生。

Simonide bat kā 一个運動員寫誦辭，毋過試寫 ê 物件，伊感覺是充滿無味故事 ê 白 tsiánn 主題。

運動員 ê 雙親是無名聲 ê 人，in 老爸，一个普通 ê

· Simonide 是古希臘誠出名 ê 抒情詩人。
· Malherbe 原名是 François de Malherbe，法國十七世紀誠受歡迎 ê 宮廷詩人

資產階級，無大成就，貢獻少 koh lân-san。

　　起頭，詩人講起伊 ê 運動英雄，kā 伊會當講--ê 講完了後，伊走去主題 ê 邊 á，去講著 Castor kah Pollux*，in 以早成做光榮戰士 ê 例 lóng 有寫--著，強調 in ê 戰鬥，講著 in 兄弟上出範 ê 所在。尾手，o-ló 神 ê 話語占去著作 ê 三分二。

　　運動員原底有答應 beh 付錢，毋過 tng 伊看著作品，tsit 個紳士 kan-na 付三分一，koh 坦白 tshun--ê 愛 Castor kah Pollux in 付。

　　「天頂 ê hit 對 hōo 你滿意，我 beh 請你食暗，請來阮 tau，lán 會度過美好 ê 時間，人客 lóng 是過選--ê，阮爸母、我誠好 ê 朋友會來 kah lán 做伙。」

　　Simonide 答應 ah。除了這是伊 ê 義務，凡勢伊 mā 驚拍算人 o-ló 伊 ê 機會。

　　伊來 ah，眾人聚餐，食 sit，逐个人心情 lóng 誠好。一个下跤手人走入來講，tī 門跤口有兩个人趕緊 beh 求

· Castor kah Pollux 是希臘羅馬神話內底，斯巴達王后所生 ê 雙生 á，in mā 是斯巴達國王 kah 天神宙斯 ê 後生，兩个人 lóng 是出色 ê 獵人。

見。

　　伊起身離座，眾人猶 teh 食 sit 無停。Tsit 兩个人是讚辭內底 hit 對雙生 á，in 同齊 kā 伊說多謝，而且為著回報伊 ê 詩，in kā 伊警告，著緊走，因為 tsit 間厝 liâm-mi beh 崩！

　　Tsit 个預報是真實--ê。

　　減一支柱 á，天篷接載袂牢，lak 落來 tī 宴席--nih，lòng 破盤 á kah 酒矸，聲音無輸人 thîn 酒 ê huah-hiu。

　　這猶毋是上害--ê，為著完全表現對詩人 ê 回報，大柱 kā 運動員 ê 雙跤 teh 斷--去，mā hōo 真 tsē 人客著傷半殘！

　　Renown* 謹慎發佈 tsit 个事件，人人 lóng 講奇蹟，雙倍價數 hōo tsit 个眾神佮意 ê 人 kah 伊 ê 詩。

　　伊毋是好老母 ê 囝兒，siáng 付伊 khah tsē 錢，做 in 祖先所袂赴。

· Renown ê 原文是 La Renommée，伊是希臘神話內底代表聲望 kah 名聲 ê 女神，傳說伊 mā 是探聽 kah 傳播消息 ê 神。

　　我 beh 轉來我 ê 文章，代先講 lán 袂毋知影愛大力讚揚眾神 kah in ê 同類，koh hit 个 Melpomene*也不時品伊 ê 苦感，mā 無 hōo 伊家己破格。

　　最後，lán 著愛用一點á錢維持藝術，大人物感激 lán ê 時，mā 是 in 顯露高貴 ê 時。往時 Olympus 眾神 kah Parnassus hit-phâng--ê in lóng 是兄弟好朋友*。

· Melpomene 原文是 Melpomène，伊是希臘神話內底代表悲劇 ê 文藝女神（華語是『繆斯』）。
· Tī 希臘神話內底，tuà tī Olympus ê 眾神 kah Parnassus ê 文藝眾神定定有 teh 往來，關係真好。

◆◆◆◆
死神 kah 散凶人

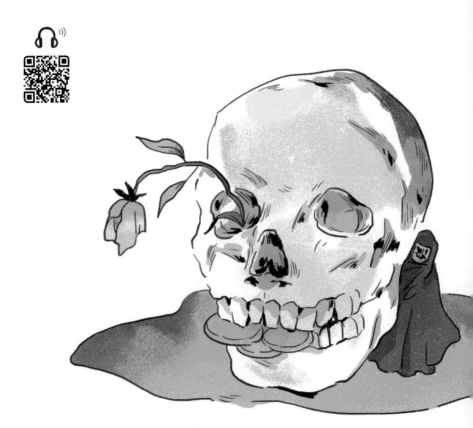

　　一个散凶人逐工 huah 死神來 tàu-sann-kāng，伊講：「喔！死神 ah！在我看，你是 hiah-nī 嬌！緊來，緊來結束我酷刑 ê 運命！」死神相信，就來 ah，beh 圓伊 ê 夢。

　　伊 lòng 門，入門，現身。散凶人 huah 講：「我看著啥物 ah？請 kā 伊提--開，伊 siunn 歹看 lah！Kah 伊對看 hōo 我驚惶！喔！死神，mài 倚--來！喔！死神，離開--我！」

　　Mecenas* 是優雅 ê 人，伊 tī 某所在 bat 講：「Hōo 我半遂、斷跤、疼風、斷手骨，kan-na 求 hōo 我活 leh，按呢就有夠額，我就足滿足 ah！」

　　永遠 mài 來，喔！死神！逐家 to 按呢講。

・Mecenas 原文是 Mécénas，伊是古羅馬帝國時期 ê 政治人物，誠保護詩人 kah 藝術家。

死神 kah tshò 柴--ê

　　一个可憐 ê tshò 柴--ê，樹枝 teh tī 伊 ê kha-tsiah-phiann，像年紀仝款重 ê 柴，kā 伊 teh kah 歪腰 hainn 呻，沉重 ê 跤步行 leh，拍拚 beh 轉去坱 phōng-phōng ê 草厝。

　　最後，伊無才調 koh 接力 kah 承受痛苦，伊 kā 重擔放 leh，想起家己 ê 不幸。

　　自伊來到世間 kám bat 有啥物快樂？

　　Tī tsit 粒地球--nih，kám 猶有人比伊 khah 可憐？有當時á 無通食，koh lóng 無通歇睏。伊 ê 某 kah 囝、兵役、債主 kah 勞役 kā 伊變成一幅不幸 ê 畫。

　　伊 hiàm 死神，伊 suî 來到，問 tshò 柴--ê，伊應該按怎協助。

　　伊講：「就是，你就 kā tsit 擔柴揹--起來，毋通延 tshiân！」

　　死亡一下到，啥物 lóng 醫會好，但是毋通離開 lán ê 所在，活 leh 受苦 mā khah 贏死，這是人類 ê 箴言。

Ti 兩款歲頭 ê 查某之間 ê 查埔人

　　一个查埔人半 ló 老，頭毛半 phú 烏，伊看，應該是考慮結婚 ê 時陣 ah。伊手頭有淡薄 á 錢，著按怎選擇，一切 lóng 愛 hōo 家己歡喜。

　　Lán tsit 个多情人 ná 會無 hiah-nī 著急，beh 處理好毋是一項小事。

　　有兩个寡婦 tī 伊心內是上重要，一个猶青春，另外 hit 个就略 á 熟過分，毋過，伊用伊 ê 手藝 kā 自然毀壞--ê 恢復。

Tsit 兩个寡婦,有時 kā 伊滾耍笑,抑是對伊開聲笑,kā 伊試驗,打扮伊 ê 頭。

Khah 老 ê tsit 个,往往 kā 伊挽 tshun ê 烏頭毛,hōo 伊 ê 愛人成做伊 khah 佮意 ê 形貌。輪著少年--ê,就挽伊 ê 白頭毛。

兩个人直直按呢挽,lán tsit 个頭毛半 phú 烏 ê 查埔人,頭殼 suah 無毛,才智覺著 tsit 个齣頭!

伊 kā in 講:「美人 ah,萬分感謝恁 kā 我 ka 頭毛,我得--著--ê 比失去--ê khah tsē!結婚毋是新鮮代,我 kíng--ê 會佮意家己 ê 生活方式,毋是我 ê。恁愛--ê 毋是 liù 額--ê,美人 ah,我會聽恁教--我 ê tsit 課!」

狐狸 kah 鶴

有一工，狐狸無惜開用，kā老朋友鶴留leh食暗頓。

宴席真聊小也無好好á tshuân，因為散赤，湯也薄tsiánn，tsit位紳士khiû-khiû儉儉度日。

一寡薄湯伊用phiat-á té，喙長長ê鶴一點á粒lóng食無，毋過，tsit个sút-á一下手就kā所有ê菜食了了！

鶴tsit擺hōo伊騙--去，想beh報仇，過一段時間了後，換鶴邀請伊。

狐狸應講：「我誠樂意，我kah朋友lóng無leh客氣！」

照約定ê時間，狐狸來到女主人鶴in tau。狐狸真o-ló伊有禮貌，發現暗頓也拄tshuân好勢，狐狸上無欠--ê就是枵饞。伊鼻著菜--nih細塊肉ê芳味感覺歡喜，伊想he穩當足好食！

為著beh hōo伊歹看，鶴用喙細頷頸長ê矸á té菜。鶴ê尖喙會當順利食--著，毋過，狐狸ê喙寸尺毋

是按呢生，伊就枵腹肚轉去厝。

　　見笑 ê 狐狸親像一隻 hōo 人掠--著 ê 雞 á，尾 á 挾 leh，耳 á 垂 khap。

　　諞仙 á，這是我寫 hōo--恁--ê，期待恁得著全款 ê 報應！

囡á kah學校老師

　　Tsit个故事，我 beh hōo 逐家看著戇囝了然 ê 警誡。

　　一个少歲囡á tī-teh Seine*溪邊 tshit-thô，suah 無細膩跋落水！

　　上帝 kah 天公伯á lóng 允准一欉 tī tsia ê 柳樹用樹椏 kā 伊解救，我講 tsit 枝樹椏就是 hit 時行過 tsia ê 一个學校老師。

　　囡á大聲 hiu：「救命喔！我 tih-beh 淹--死 ah！」

　　Tsit个滿腹學問 ê 老師聽著聲音越頭，用真嚴 gâi

· Seine 就是「塞納河」。

koh 無著時 ê 氣口 kā 伊罵，講：「Ah！猴死囡á，請逐家看，伊所做 ê 戇代誌！Koh，請好好á看顧 tsit ê 狨怪仙，伊ê爸母 tsiah-nī 不幸，總是愛費心神 tī tsit 款狨怪仙！In tsiah-nī-á 不幸！In ê 遭遇我足同情！」

Lóng 總講完了後，伊才 kā 囡á救上岸。我 tī tsia beh kā 無 beh 思考 ê 人洗面點 tuh，愛 tshåp-tshåp 唸--ê、愛批評--ê kah 教冊--ê，kiám-tshái 恁會使了解我頭前講--ê。

Tsit 三款人 lóng 會使 hōo 人偉大，造物者祝福--in，拄著代誌，in kan-na 運動 in ê 喙舌。

Eh！友--ê，先救我脫離險境，才開始演講 heh！

◆◆◆◆

雞公
kah真珠

有一工，雞公beh賣一粒真珠，伊提hōo一个真出
名ê寶石師，伊講：「我看這品質足讚，毋過，一屑á麥
á凡勢khah合我ê需要。」

一个外行人繼承一本手稿，伊提去隔壁ê冊店，伊
講：「我想，這是好物，毋過，一寡á龍銀凡勢khah合
我ê需要。」

牛蜂
kah 蜜蜂

看作品 lán 會當認 bat 師傅。幾个無主 ê 蜂岫 hōo 人發現 ah，牛蜂 huah beh 愛，蜜蜂來反對，tng 虎頭蜂 ê 面前 beh 來說分明。

Tsit tsân 代誌 oh 得決！

證人做干證，講蜂岫 hit-tah 有一寡有翼 ê 動物，有 onn-onn 聲，in 看著長長、暗柴色，kài 成是蜜蜂，足久以前就 tī hia。

啥貨！Tsia-ê 記號牛蜂 mā 全款有！

虎頭蜂對tsia-ê干證毋知影beh講啥，koh再重新調查，通看khah明，就去聽狗蟻講按怎，問題猶原無通清楚。

一隻真謹慎ê蜜蜂講：「Khah拜託leh，這有啥物意義hānn？Àn六個月前訴訟就hânn leh，tsit-má袂輸tshím開始，蜜tī tsit段期間已經變質！該是公親愛緊決，hōo熊食--去ê蜜kám猶無夠？

免hiah tsē辯解kah仲裁，mā免話屎kah話骨，牛蜂kah阮同齊作穡，逐家就會看著啥人會曉做蜜kah起造穩tak-tak ê蜂岫！」

牛蜂ê拒絕顯明tsit項工藝無tī in ê智識內底，自按呢，虎頭蜂就kā蜜判hōo對方。

上帝保庇lán lóng會當按呢解決相告ê代誌！

土耳其人mā照tsit款ê方法，簡單ê常識就會使成做法典，毋免加了hiah tsē工。

毋是kā lán拆，mā毋是kā lán食，是用延tshiân ê方式kā lán掠。四常是按呢，到落尾，蚵á肉hōo裁判，蚵á殼hōo訴訟人。

橡樹 kah 蘆竹

　　有一工，橡樹 kā 蘆竹講：「恁有真好 ê 理由 kā 大自然抗議，一隻杉 á 鳥就會是恁真沉重 ê 負擔，hōo 水面起痕 tsuā ê 微 á 風，就會逼恁 ànn 頭。

　　若 tī 我面前，就親像 tī Caucase*高原，毋但袂阻斷日頭光，暴風 ê 力量 mā 袂 hōo 我搖 tshuah！對恁來講 lóng 是強烈 ê 北風，對我卻是微微 ê 西風，恁若生 tī 我 ê 樹蔭下跤，恁就毋免按呢受苦，大風雨來，我會保護--恁。

・Caucase 是西亞 kah 東歐交界所在 ê 地區。

是講，恁 to 生 tī 風頭 ê tâm 溼 ê 溪邊，我看，大自然對恁無公平！」

蘆竹á應伊講：「你 ê 同情來自你 ê 良善，毋過請你毋免加操煩，風對阮 phīng 恁 khah 溫純，我會當彎曲，袂拗 tsih，恁猶 teh 抵抗 hia-ê 暴風，硬弓毋 ànn 腰，lán 做伙來看到上落尾！」

伊 teh 講 tsia-ê 話 ê 時，地平線 hit 頭，一陣北風所 tsah--ê 上恐怖 ê 囡á hiông-kài-kài 走--來！橡樹 khiā thîng-thîng，蘆竹彎曲。

風重倍出力 tshui-sak，suah kā 伊 khau--起來，伊 ê 頭倚天堂，跤 suah 踏入死亡 ê 國！

Les fables de Jean de La Fontaine

La Fontaine

– Livre I –

Jean de La Fontaine

La Cigale et la Fourmi

◆◆◆◆

La Cigale, ayant chanté
Tout l'Été,
Se trouva fort dépourvue
Quand la Bise fut venue.
Pas un seul petit morceau
De mouche ou de vermisseau.
Elle alla crier famine
Chez la Fourmi sa voisine,
La priant de lui prêter
Quelque grain pour subsister
Jusqu'à la saison nouvelle.
« Je vous paierai, lui dit-elle,
Avant l'Août, foi d'animal,
Intérêt et principal. »
La Fourmi n'est pas prêteuse ;
C'est là son moindre défaut.
« Que faisiez-vous au temps chaud ?

Dit-elle à cette emprunteuse.
– Nuit et jour à tout venant
Je chantais, ne vous déplaise.
– Vous chantiez ? j'en suis fort aise :
Eh bien ! dansez maintenant. »

Le Corbeau et le Renard

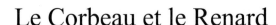

Maître Corbeau, sur un arbre perché,
Tenait en son bec un fromage.
Maître Renard, par l'odeur alléché,
Lui tint à peu près ce langage :
« Hé ! bonjour, Monsieur du Corbeau.
Que vous êtes joli ! que vous me semblez beau !
Sans mentir, si votre ramage
Se rapporte à votre plumage,
Vous êtes le Phénix des hôtes de ces Bois. »
À ces mots le Corbeau ne se sent pas de joie ;
Et pour montrer sa belle voix,
Il ouvre un large bec, laisse tomber sa proie.
Le Renard s'en saisit, et dit : « Mon bon Monsieur,
Apprenez que tout flatteur
Vit aux dépens de celui qui l'écoute :
Cette leçon vaut bien un fromage, sans doute. »

Le Corbeau honteux et confus,
Jura, mais un peu tard, qu'on ne l'y prendrait plus.

La Grenouille qui veut se faire aussi grosse que le Bœuf

Une Grenouille vit un Bœuf
Qui lui sembla de belle taille.
Elle qui n'était pas grosse en tout comme un œuf,
Envieuse s'étend, et s'enfle, et se travaille,
Pour égaler l'animal en grosseur,
Disant : « Regardez bien, ma sœur ;
Est-ce assez ? dites-moi : n'y suis-je point encore ?
– Nenni. – M'y voici donc ? – Point du tout. – M'y voilà ?
– Vous n'en approchez point. » La chétive pécore
S'enfla si bien qu'elle creva.

Le monde est plein de gens qui ne sont pas plus sages :
Tout Bourgeois veut bâtir comme les grands Seigneurs,
Tout petit Prince a des Ambassadeurs,
Tout Marquis veut avoir des Pages.

Les deux Mulets

Deux Mulets cheminaient, l'un d'avoine chargé,

L'autre portant l'argent de la Gabelle.

Celui-ci, glorieux d'une charge si belle,

N'eût voulu pour beaucoup en être soulagé.

Il marchait d'un pas relevé,

Et faisait sonner sa sonnette ;

Quand, l'ennemi se présentant,

Comme il en voulait à l'argent,

Sur le Mulet du fisc une troupe se jette,

Le saisit au frein et l'arrête.

Le Mulet en se défendant,

Se sent percé de coups : il gémit, il soupire.

« Est-ce donc là, dit-il, ce qu'on m'avait promis ?

Ce Mulet qui me suit du danger se retire ;

Et moi j'y tombe et je péris !

– Ami, lui dit son camarade,

Il n'est pas toujours bon d'avoir un haut emploi :

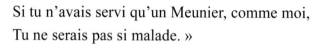

Si tu n'avais servi qu'un Meunier, comme moi,
Tu ne serais pas si malade. »

Le Loup et le Chien

Un Loup n'avait que les os et la peau,
Tant les Chiens faisaient bonne garde.
Ce Loup rencontre un Dogue aussi puissant que beau,
Gras, poli, qui s'était fourvoyé par mégarde.
L'attaquer, le mettre en quartiers,
Sire Loup l'eût fait volontiers ;
Mais il fallait livrer bataille,
Et le Mâtin était de taille
À se défendre hardiment.
Le Loup donc l'aborde humblement,
Entre en propos, et lui fait compliment
Sur son embonpoint, qu'il admire.
« Il ne tiendra qu'à vous, beau Sire,
D'être aussi gras que moi, lui répartit le Chien.
Quittez les bois, vous ferez bien :
Vos pareils y sont misérables,

Cancres, haires, et pauvres diables,

Dont la condition est de mourir de faim.

Car quoi ? Rien d'assuré ; point de franche lippée ;

Tout à la pointe de l'épée.

Suivez-moi, vous aurez un bien meilleur destin. »

Le Loup reprit : « Que me faudra-t-il faire ?

– Presque rien, dit le Chien : donner la chasse aux gens

Portant bâtons, et mendiants ;

Flatter ceux du logis, à son Maître complaire ;

Moyennant quoi votre salaire

Sera force reliefs de toutes les façons :

Os de poulets, os de pigeons ;

Sans parler de mainte caresse. »

Le Loup déjà se forge une félicité

Qui le fait pleurer de tendresse.

Chemin faisant, il vit le col du Chien pelé.

« Qu'est-ce là ? lui dit-il. – Rien. – Quoi ? rien ? – Peu de chose.

– Mais encor ? – Le collier dont je suis attaché

De ce que vous voyez est peut-être la cause.

– Attaché ? dit le Loup ; vous ne courez donc pas

Où vous voulez ? – Pas toujours, mais qu'importe ?

– Il importe si bien, que de tous vos repas

Je ne veux en aucune sorte,
Et ne voudrais pas même à ce prix un trésor. »
Cela dit, maître Loup s'enfuit, et court encor.

La Génisse, la Chèvre et la Brebis, en société avec le Lion

◆◆◆◆

La Génisse, la Chèvre, et leur sœur la Brebis,

Avec un fier Lion, Seigneur du voisinage,

Firent société, dit-on, au temps jadis,

Et mirent en commun le gain et le dommage.

Dans les lacs de la Chèvre un Cerf se trouva pris ;

Vers ses associés aussitôt elle envoie.

Eux venus, le Lion par ses ongles compta,

Et dit : « Nous sommes quatre à partager la proie » ;

Puis en autant de parts le Cerf il dépeça ;

Prit pour lui la première en qualité de Sire ;

« Elle doit être à moi, dit-il, et la raison,

C'est que je m'appelle Lion :

À cela l'on n'a rien à dire.

La seconde, par droit, me doit échoir encor :

Ce droit, vous le savez, c'est le droit du plus fort.

Comme le plus vaillant, je prétends la troisième.

Si quelqu'une de vous touche à la quatrième,
Je l'étranglerai tout d'abord. »

La Besace

Jupiter dit un jour : « Que tout ce qui respire
S'en vienne comparaître aux pieds de ma grandeur.
Si dans son composé quelqu'un trouve à redire,
Il peut le déclarer sans peur ;
Je mettrai remède à la chose.
Venez, Singe ; parlez le premier, et pour cause.
Voyez ces animaux, faites comparaison
De leurs beautés avec les vôtres :
Êtes-vous satisfait ? – Moi ? dit-il, pourquoi non ?
N'ai-je pas quatre pieds aussi bien que les autres ?
Mon portrait jusqu'ici ne m'a rien reproché ;
Mais pour mon frère l'Ours, on ne l'a qu'ébauché :
Jamais, s'il me veut croire, il ne se fera peindre. »
L'Ours venant là-dessus, on crut qu'il s'allait plaindre.
Tant s'en faut ; de sa forme il se loua très fort ;
Glosa sur l'Éléphant, dit qu'on pourrait encor

Ajouter à sa queue, ôter à ses oreilles :
Que c'était une masse informe et sans beauté.
L'Éléphant étant écouté,
Tout sage qu'il était, dit des choses pareilles :
Il jugea qu'à son appétit
Dame Baleine était trop grosse.
Dame Fourmi trouva le Ciron trop petit,
Se croyant, pour elle, un colosse.
Jupin les renvoya s'étant censurés tous,
Du reste, contents d'eux. Mais parmi les plus fous
Notre espèce excella ; car tout ce que nous sommes,
Lynx envers nos pareils, et Taupes envers nous,
Nous nous pardonnons tout, et rien aux autres hommes :
On se voit d'un autre œil qu'on ne voit son prochain.
Le Fabricateur souverain
Nous créa Besaciers tous de même manière,
Tant ceux du temps passé que du temps d'aujourd'hui :
Il fit pour nos défauts la poche de derrière,
Et celle de devant pour les défauts d'autrui.

L'Hirondelle et les petits Oiseaux

◆◆◆◆

Une Hirondelle en ses voyages
Avait beaucoup appris. Quiconque a beaucoup vu
Peut avoir beaucoup retenu.
Celle-ci prévoyait jusqu'aux moindres orages,
Et devant qu'ils fussent éclos,
Les annonçait aux Matelots.
Il arriva qu'au temps que le chanvre se sème,
Elle vit un Manant en couvrir maints sillons.
« Ceci ne me plaît pas, dit-elle aux Oisillons :
Je vous plains, car pour moi, dans ce péril extrême,
Je saurai m'éloigner, ou vivre en quelque coin.
Voyez-vous cette main qui par les airs chemine ?
Un jour viendra, qui n'est pas loin,
Que ce qu'elle répand sera votre ruine.
De là naîtront engins à vous envelopper,
Et lacets pour vous attraper,
Enfin, mainte et mainte machine

Qui causera dans la saison
Votre mort ou votre prison ;
Gare la cage ou le chaudron.
C'est pourquoi, leur dit l'Hirondelle,
Mangez ce grain et croyez-moi. »
Les Oiseaux se moquèrent d'elle,
Ils trouvaient aux champs trop de quoi.
Quand la chènevière fut verte,
L'Hirondelle leur dit : « Arrachez brin à brin
Ce qu'a produit ce mauvais grain ;
Ou soyez sûrs de votre perte.
– Prophète de malheur, babillarde, dit-on,
Le bel emploi que tu nous donnes !
Il nous faudrait mille personnes
Pour éplucher tout ce canton. »
La chanvre étant tout à fait crue,
L'Hirondelle ajouta : « Ceci ne va pas bien ;
Mauvaise graine est tôt venue ;
Mais puisque jusqu'ici l'on ne m'a crue en rien,
Dès que vous verrez que la terre
Sera couverte, et qu'à leurs blés
Les gens n'étant plus occupés

Feront aux Oisillons la guerre ;

Quand reginglettes et réseaux

Attraperont petits Oiseaux,

Ne volez plus de place en place,

Demeurez au logis ou changez de climat :

Imitez le Canard, la Grue et la Bécasse.

Mais vous n'êtes pas en état

De passer, comme nous, les déserts et les ondes,

Ni d'aller chercher d'autres mondes ;

C'est pourquoi vous n'avez qu'un parti qui soit sûr :

C'est de vous enfermer aux trous de quelque mur. »

Les Oisillons, las de l'entendre,

Se mirent à jaser aussi confusément

Que faisaient les Troyens quand la pauvre Cassandre

Ouvrait la bouche seulement.

Il en prit aux uns comme aux autres :

Maint Oisillon se vit esclave retenu.

Nous n'écoutons d'instincts que ceux qui sont les nôtres,

Et ne croyons le mal que quand il est venu.

Le Rat de ville et le Rat des champs

Autrefois le Rat de ville
Invita le Rat des champs,
D'une façon fort civile,
À des reliefs d'Ortolans.

Sur un tapis de Turquie
Le couvert se trouva mis.
Je laisse à penser la vie
Que firent ces deux amis.

Le régal fut fort honnête :
Rien ne manquait au festin ;
Mais quelqu'un troubla la fête,
Pendant qu'ils étaient en train.

À la porte de la Salle
Ils entendirent du bruit :

Le Rat de ville détale,
Son camarade le suit.

Le bruit cesse, on se retire :
Rats en campagne aussitôt ;
Et le citadin de dire :
« Achevons tout notre rôt.

– C'est assez, dit le Rustique ;
Demain vous viendrez chez moi.
Ce n'est pas que je me pique
De tous vos festins de Roi ;

Mais rien ne vient m'interrompre :
Je mange tout à loisir.
Adieu donc ; Fi du plaisir
Que la crainte peut corrompre ! »

Le Loup et l'Agneau

La raison du plus fort est toujours la meilleure :
Nous l'allons montrer tout à l'heure.

Un Agneau se désaltérait
Dans le courant d'une onde pure.
Un Loup survient à jeun qui cherchait aventure,
Et que la faim en ces lieux attirait.
« Qui te rend si hardi de troubler mon breuvage ?
Dit cet animal plein de rage ;
Tu seras châtié de ta témérité.
– Sire, répond l'Agneau, que votre Majesté
Ne se mette pas en colère ;
Mais plutôt qu'elle considère
Que je me vas désaltérant
Dans le courant,
Plus de vingt pas au-dessous d'Elle ;
Et que par conséquent, en aucune façon,

Je ne puis troubler sa boisson.

– Tu la troubles, reprit cette bête cruelle ;

Et je sais que de moi tu médis l'an passé.

– Comment l'aurais-je fait si je n'étais pas né ?

Reprit l'Agneau, je tette encor ma mère.

– Si ce n'est toi, c'est donc ton frère.

– Je n'en ai point. – C'est donc quelqu'un des tiens :

Car vous ne m'épargnez guère,

Vous, vos Bergers et vos Chiens.

On me l'a dit : il faut que je me venge. »

Là-dessus, au fond des forêts

Le Loup l'emporte et puis le mange,

Sans autre forme de procès.

L'Homme et son Image

Pour M. le Duc de La Rochefoucauld

Un Homme qui s'aimait sans avoir de rivaux
Passait dans son esprit pour le plus beau du monde :
Il accusait toujours les miroirs d'être faux,
Vivant plus que content dans son erreur profonde.
Afin de le guérir, le Sort officieux
Présentait partout à ses yeux
Les Conseillers muets dont se servent nos Dames :
Miroirs dans les logis, miroirs chez les Marchands,
Miroirs aux poches des Galands,
Miroirs aux ceintures des femmes.
Que fait notre Narcisse ? Il se va confiner
Aux lieux les plus cachés qu'il peut s'imaginer,
N'osant plus des miroirs éprouver l'aventure.
Mais un canal formé par une source pure,
Se trouve en ces lieux écartés :

Il s'y voit, il se fâche ; et ses yeux irrités
Pensent apercevoir une Chimère vaine :
Il fait tout ce qu'il peut pour éviter cette eau.
Mais quoi ? le canal est si beau
Qu'il ne le quitte qu'avec peine.

On voit bien où je veux venir.
Je parle à tous ; et cette erreur extrême
Est un mal que chacun se plaît d'entretenir.
Notre âme, c'est cet Homme amoureux de lui-même ;
Tant de miroirs, ce sont les sottises d'autrui ;
Miroirs, de nos défauts les Peintres légitimes ;
Et quant au Canal, c'est celui
Que chacun sait, le Livre des Maximes.

Le Dragon à plusieurs têtes et le Dragon à plusieurs queues

Un envoyé du Grand Seigneur
Préférait, dit l'Histoire, un jour chez l'Empereur,
Les forces de son Maître à celles de l'Empire.
Un Allemand se mit à dire :
« Notre Prince a des Dépendants
Qui, de leur chef, sont si puissants
Que chacun d'eux pourrait soudoyer une armée. »
Le Chiaoux, homme de sens,
Lui dit : « Je sais par renommée
Ce que chaque Électeur peut de monde fournir ;
Et cela me fait souvenir
D'une aventure étrange, et qui pourtant est vraie.
J'étais en un lieu sûr, lorsque je vis passer
Les cent têtes d'un(e) Hydre au travers d'une haie.
Mon sang commence à se glacer ;
Et je crois qu'à moins on s'effraie.

Je n'en eus toutefois que la peur sans le mal :
Jamais le corps de l'animal
Ne put venir vers moi, ni trouver d'ouverture.
Je rêvais à cette aventure,
Quand un autre Dragon, qui n'avait qu'un seul chef,
Et bien plus d'une queue, à passer se présente.
Me voilà saisi derechef
D'étonnement et d'épouvante.
Ce chef passe, et le corps, et chaque queue aussi :
Rien ne les empêcha ; l'un fit chemin à l'autre.
Je soutiens qu'il en est ainsi
De votre Empereur et du nôtre. »

Les Voleurs et l'Âne

Pour un Âne enlevé deux Voleurs se battaient :
L'un voulait le garder ; l'autre le voulait vendre.
Tandis que coups de poing trottaient,
Et que nos champions songeaient à se défendre,
Arrive un troisième Larron
Qui saisit Maître Aliboron.
L'Âne, c'est quelquefois une pauvre Province :
Les Voleurs sont tel ou tel Prince,
Comme le Transylvain, le Turc, et le Hongrois.
Au lieu de deux, j'en ai rencontré trois :
Il est assez de cette marchandise.
De nul d'eux n'est souvent la Province conquise :
Un quart Voleur survient, qui les accorde net
En se saisissant du Baudet.

Simonide préservé par les Dieux

◆◆◆◆

On ne peut trop louer trois sortes de personnes :
Les Dieux, sa Maîtresse et son Roi.
Malherbe le disait ; j'y souscris, quant à moi :
Ce sont Maximes toujours bonnes.
La louange chatouille et gagne les esprits :
Les faveurs d'une Belle en sont souvent le prix.
Voyons comme les Dieux l'ont quelquefois payée.
Simonide avait entrepris
L'éloge d'un Athlète, et, la chose essayée,
Il trouva son sujet plein de récits tout nus.
Les parents de l'Athlète étaient gens inconnus ;
Son père, un bon Bourgeois ; lui sans autre mérite ;
Matière infertile et petite.
Le Poète d'abord parla de son Héros.
Après en avoir dit ce qu'il en pouvait dire,
Il se jette à côté, se met sur le propos
De Castor et Pollux ; ne manque pas d'écrire

Que leur exemple était aux Lutteurs glorieux ;
Élève leurs combats, spécifiant les lieux
Où ces frères s'étaient signalés davantage :
Enfin l'éloge de ces Dieux
Faisait les deux tiers de l'Ouvrage.
L'Athlète avait promis d'en payer un talent ;
Mais quand il le vit, le Galant
N'en donna que le tiers, et dit fort franchement
Que Castor et Pollux acquittassent le reste.
« Faites-vous contenter par ce couple céleste.
Je vous veux traiter cependant :
Venez souper chez moi ; nous ferons bonne vie :
Les Conviés sont gens choisis,
Mes parents, mes meilleurs amis,
Soyez donc de la compagnie. »
Simonide promit. Peut-être qu'il eut peur
De perdre, outre son dû, le gré de sa louange.
Il vient : l'on festine, l'on mange.
Chacun étant en belle humeur,
Un domestique accourt, l'avertit qu'à la porte
Deux hommes demandaient à le voir promptement.
Il sort de table, et la cohorte

N'en perd pas un seul coup de dent.

Ces deux hommes étaient les Gémeaux de l'Éloge.

Tous deux lui rendent grâce, et pour prix de ses Vers,

Ils l'avertissent qu'il déloge,

Et que cette maison va tomber à l'envers.

La prédiction en fut vraie.

Un pilier manque ; et le plafond,

Ne trouvant plus rien qui l'étaie,

Tombe sur le festin, brise plats et flacons,

N'en fait pas moins aux Échansons.

Ce ne fut pas le pis : car, pour rendre complète

La vengeance due au Poète,

Une poutre cassa les jambes à l'Athlète,

Et renvoya les Conviés

Pour la plupart estropiés.

La Renommée eut soin de publier l'affaire :

Chacun cria miracle ; on doubla le salaire

Que méritaient les vers d'un homme aimé des Dieux.

Il n'était fils de bonne mère

Qui, les payant à qui mieux mieux,

Pour ses Ancêtres n'en fit faire.

Je reviens à mon Textes ; et dis premièrement

Qu'on ne saurait manquer de louer largement
Les Dieux et leurs pareils ; de plus, que Melpomène
Souvent, sans déroger, trafique de sa peine ;
Enfin, qu'on doit tenir notre Art en quelque prix.
Les Grands se font honneur dès lors qu'ils nous font grâce :
Jadis l'Olympe et le Parnasse
Étaient frères et bons amis.

La Mort et le Malheureux

Un Malheureux appelait tous les jours
La Mort à son secours.
« Ô Mort ! lui disait-il, que tu me sembles belle !
Viens vite, viens finir ma fortune cruelle ! »
La Mort crut, en venant, l'obliger en effet.
Elle frappe à sa porte, elle entre, elle se montre.
« Que vois-je ? cria-t-il, ôtez-moi cet objet ;
Qu'il est hideux ! que sa rencontre
Me cause d'horreur et d'effroi !
N'approche pas, ô Mort ! ô Mort, retire-toi ! »

Mécénas fut un galant homme ;
Il a dit quelque part : « Qu'on me rende impotent,
Cul-de-jatte, goutteux, manchot, pourvu qu'en somme
Je vive, c'est assez, je suis plus que content. »
Ne viens jamais, ô Mort ; on t'en dit tout autant.

La Mort et le Bûcheron

Un pauvre Bûcheron, tout couvert de ramée,
Sous le faix du fagot aussi bien que des ans
Gémissant et courbé, marchait à pas pesants,
Et tâchait de gagner sa chaumine enfumée.
Enfin, n'en pouvant plus d'effort et de douleur,
Il met bas son fagot, il songe à son malheur.
Quel plaisir a-t-il eu depuis qu'il est au monde ?
En est-il un plus pauvre en la machine ronde ?
Point de pain quelquefois, et jamais de repos.
Sa femme, ses enfants, les soldats, les impôts,
Le créancier et la corvée
Lui font d'un malheureux la peinture achevée.
Il appelle la Mort ; elle vient sans tarder,
Lui demande ce qu'il faut faire.
« C'est, dit-il, afin de m'aider
À recharger ce bois ; tu ne tarderas guère. »

Le trépas vient tout guérir ;
Mais ne bougeons d'où nous sommes :
Plutôt souffrir que mourir,
C'est la devise des hommes.

L'Homme entre deux âges et ses deux Maîtresses

Un Homme de moyen âge,

Et tirant sur le grison,

Jugea qu'il était saison

De songer au mariage.

Il avait du comptant,

Et partant

De quoi choisir : toutes voulaient lui plaire ;

En quoi notre Amoureux ne se pressait pas tant :

Bien adresser n'est pas petite affaire.

Deux Veuves sur son cœur eurent le plus de part :

L'une encor verte, et l'autre un peu bien mûre,

Mais qui réparait par son art

Ce qu'avait détruit la Nature.

Ces deux Veuves, en badinant,

En riant, en lui faisant fête,

L'allaient quelquefois testonnant,

C'est-à-dire ajustant sa tête.
La Vieille, à tous moments, de sa part emportait
Un peu du poil noir qui restait,
Afin que son Amant en fût plus à sa guise.
La Jeune saccageait les poils blancs à son tour.
Toutes deux firent tant, que notre tête grise
Demeura sans cheveux, et se douta du tour.
« Je vous rends, leur dit-il, mille grâces, les Belles,
Qui m'avez si bien tondu :
J'ai plus gagné que perdu ;
Car d'Hymen point de nouvelles.
Celle que je prendrais voudrait qu'à sa façon
Je vécusse, et non à la mienne.
Il n'est tête chauve qùi tienne :
Je vous suis obligé, Belles, de la leçon. »

Le Renard et la Cigogne

Compère le Renard se mit un jour en frais,
Et retint à dîner commère la Cigogne.
Le régal fut petit et sans beaucoup d'apprêts :
Le Galant, pour toute besogne,
Avait un brouet clair ; il vivait chichement.
Ce brouet fut par lui servi sur une assiette :
La Cigogne au long bec n'en put attraper miette ;
Et le Drôle eut lapé le tout en un moment.
Pour se venger de cette tromperie,
À quelque temps de là, la Cigogne le prie.
« Volontiers, lui dit-il, car avec mes amis
Je ne fais point cérémonie. »
À l'heure dite, il courut au logis
De la Cigogne son hôtesse ;
Loua très fort sa politesse ;
Trouva le dîner cuit à point :
Bon appétit surtout ; Renards n'en manquent point.

Il se réjouissait à l'odeur de la viande
Mise en menus morceaux, et qu'il croyait friande.
On servit pour l'embarrasser
En un vase à long col et d'étroite embouchure.
Le bec de la Cigogne y pouvait bien passer,
Mais le museau du Sire était d'autre mesure
Il lui fallut à jeun retourner au logis,
Honteux comme un Renard qu'une Poule aurait pris,
Serrant la queue, et portant bas l'oreille.

Trompeurs, c'est pour vous que j'écris :
Attendez-vous à la pareille.

L'Enfant et le Maître d'école

Dans ce récit je prétends faire voir
D'un certain Sot la remontrance vaine.
Un jeune Enfant dans l'eau se laissa choir
En badinant sur les bords de la Seine.
Le Ciel permit qu'un Saule se trouva,
Dont le branchage, après Dieu, le sauva.
S'étant pris, dis-je, aux branches de ce saule,
Par cet endroit passe un Maître d'École ;
L'Enfant lui crie : « Au secours ! je péris. »
Le Magister, se tournant à ses cris,
D'un ton fort grave à contretemps s'avise
De le tancer : « Ah ! le petit babouin !
Voyez, dit-il, où l'a mis sa sottise !
Et puis, prenez de tels fripons le soin.
Que les parents sont malheureux qu'il faille
Toujours veiller à semblable canaille !
Qu'ils ont de maux ! et que je plains leur sort. »

Ayant tout dit, il mit l'Enfant à bord.

Je blâme ici plus de gens qu'on ne pense.

Tout babillard, tout censeur, tout pédant,

Se peut connaître au discours que j'avance :

Chacun des trois fait un peuple fort grand ;

Le Créateur en a béni l'engeance.

En toute affaire, ils ne font que songer

Au moyen d'exercer leur langue.

Hé ! mon ami, tire-moi du danger ;

Tu feras après ta harangue.

Le Coq et la Perle

Un jour un Coq détourna
Une perle qu'il donna
Au beau premier Lapidaire.
« Je la crois fine, dit-il ;
Mais le moindre grain de mil
Serait bien mieux mon affaire. »
Un ignorant hérita
D'un manuscrit qu'il porta
Chez son voisin le Libraire.
« Je crois, dit-il, qu'il est bon ;
Mais le moindre ducaton
Serait bien mieux mon affaire. »

Les Frelons et les Mouches à miel

À l'œuvre on connaît l'Artisan.
Quelques rayons de miel sans maître se trouvèrent :
Des Frelons les réclamèrent.
Des Abeilles s'opposant,
Devant certaine Guêpe on traduisit la cause.
Il était malaisé de décider la chose.
Les témoins déposaient qu'autour de ces rayons
Des animaux ailés, bourdonnant, un peu longs,
De couleur fort tannée, et tels que les Abeilles,
Avaient longtemps paru. Mais quoi ! dans les Frelons
Ces enseignes étaient pareilles.
La Guêpe, ne sachant que dire à ces raisons,
Fit enquête nouvelle, et pour plus de lumière,
Entendit une fourmilière ;
Le point n'en put être éclairci.
« De grâce, à quoi bon tout ceci ?
Dit une Abeille fort prudente.

Depuis tantôt six mois que la cause est pendante,
Nous voici comme aux premiers jours.
Pendant cela le miel se gâte.
Il est temps désormais que le Juge se hâte :
N'a-t-il point assez léché l'Ours ?
Sans tant de contredits, et d'interlocutoires,
Et de fatras, et de grimoires,
Travaillons, les Frelons et nous :
On verra qui sait faire avec un suc si doux,
Des cellules si bien bâties. »
Le refus des Frelons fit voir
Que cet art passait leur savoir ;
Et la Guêpe adjugea le miel à leurs parties.
Plût à Dieu qu'on réglât ainsi tous les procès !
Que des Turcs en cela l'on suivît la méthode !
Le simple sens commun nous tiendrait lieu de Code :
Il ne faudrait point tant de frais ;
Au lieu qu'on nous mange, on nous gruge,
On nous mine par des longueurs ;
On fait tant, à la fin, que l'huître est pour le Juge,
Les écailles pour les plaideurs.

Le Chêne et le Roseau

Le Chêne un jour dit au Roseau :
« Vous avez bien sujet d'accuser la Nature ;
Un Roitelet pour vous est un pesant fardeau ;
Le moindre vent qui d'aventure
Fait rider la face de l'eau,
Vous oblige à baisser la tête ;
Cependant que mon front, au Caucase pareil,
Non content d'arrêter les rayons du Soleil,
Brave l'effort de la tempête.
Tout vous est Aquilon ; tout me semble Zéphir.
Encor si vous naissiez à l'abri du feuillage
Dont je couvre le voisinage ;
Vous n'auriez pas tant à souffrir :
Je vous défendrais de l'orage ;
Mais vous naissez le plus souvent
Sur les humides bords des Royaumes du vent.
La Nature envers vous me semble bien injuste.

«Votre compassion, lui répondit l'Arbuste,
Part d'un bon naturel ; mais quittez ce souci.
Les vents me sont moins qu'à vous redoutables.
Je plie et ne romps pas. Vous avez jusqu'ici
Contre leurs coups épouvantables
Résisté sans courber le dos ;
Mais attendons la fin. » Comme il disait ces mots,
Du bout de l'horizon accourt avec furie
Le plus terrible des enfants
Que le nord eût portés jusque-là dans ses flancs.
L'Arbre tient bon ; le Roseau plie.
Le vent redouble ses efforts,
Et fait si bien qu'il déracine
Celui de qui la tête au Ciel était voisine,
Et dont les pieds touchaient à l'empire des morts.

團隊簡介

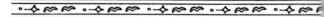

計畫主編、台文譯者｜陳麗君 Tân Lē-kun

國立成功大學台灣文學系教授。新營人。專長領域是台灣原住民、新住民、台語族群等跨族群、語言的社會語言學現象 kap 教育政策研究。編著《台語 ABC 真趣味》、《台語拍通關》、《亞洲婚姻移民女性》、《新移民、女性、母語 ê 社會語言學》等專書。

台文翻譯｜林豪森 Lîm Hô-sim

進前 tī 法國讀冊，這馬 tī 法文系教冊；同齊時 mā 是成功大學台灣文學系博士候選人。逐工 leh 做台灣話 kah 法文 ê 翻譯。

台文潤稿｜林裕凱 Lîm Jū-khái

Ū tòe tiòh Tâi-bûn ūn-tōng ê mèh-tōng, àn 1991 nî khai-sí òh siá Tâi-gí bûn kàu taⁿ. Bút-lí phok-sū pìⁿ chòe Tâi-bûn lāu-su. Chiok ài kap lâng thàm-thó Tâi-gí bûn chhòng-chok su-siá ê li-li-khok-khok ê būn-tôe. Chòe-kūn, àn 2020 kàu 2022 kap lâng háp-chok chhut-pán 3 pún Tâi-oân bûn-hák-koán kè-ōe hō gín-á lâng thák khòaⁿ ê hōe-pún kờ-sū chheh.

台文潤稿｜邱偉欣 Khu Úi-him

Tī 德國提著生物學博士，mā tī 大學 ê 生命科學系教過幾冬，chit-má koh 走來成功大學台灣文學系讀博士班；推廣台語 ê 科普書寫，做文學 ê 事工，mā 兼做語言學研究。

台文校對、朗讀指導｜謝惠貞 Tsiā Huī-tsing

台南人，tī 國小教台語，向望透過教學會當 hōo lán ê 囡á愛講台語，hōo 台語繼續流傳--落去。

法文校對│康夙如 Khng Siok-jû

Tī 文藻外語大學法文系教冊 ê 副教授。

插畫│吳雅怡 Asta Wu　Ngôo Ngá-î

現此時是專職 ê 插畫家，畫插圖、畫繪本 mā 畫圖像小說，啖試各種創作 ê 方式，目前 tng-leh 往寫故事 ê 方向伐進。佮意神話、民俗傳說 kah 貓咪，上愛 tī 作品內底藏小動物 kah tsē-tsē 無仝款式 ê 彩卵。(astawu.com　IG：Asta Wu)

美術編輯│吳芃欣 Ngôo Hông-him

國立台灣藝術大學視覺傳達設計學系畢業，伊走跳 tī 設計、手工藝、品牌經營 ê 相關產業，只要是設計攏是伊 ê 專門 kah 興趣。毋管靜態 ê 平面、立體 iah-sī 資訊影音 ê 動態多元素材，lóng 專心投入拍拚。

有聲朗讀│黃薰誼 N̂g Hun-gī

成大台文系一年 á ê 學生，自出世就是厝--裡「阮兜講台語」ê 實驗品，tsit-má mā 繼續 leh 學台語。

有聲朗讀│吳宜珊 Ngôo Gî-san

今年讀成大台文系二年仔，kah-ì 看小說，有當時嘛提筆創作，是一 ê 尊敬文學 kap 想欲和文學談戀愛的大學生。

有聲朗讀│李建穎 Lí Kiàn-íng

台南人，目前讀台南一中，自細漢就開始訓練台語朗讀佮字音字形，捌著全國語文競賽台語字音字形國中、國小組頭名，高中組特優。

世界文學台讀少年雙語系列·4·

拉封丹寓言集1
（台法雙語·附台語朗讀）

Les fables de Jean de La Fontaine
– Livre I

原　　著	Jean de La Fontaine
台　　譯	林豪森
主　　編	陳麗君
台文潤稿	林裕凱、邱偉欣
校　　對	台文 謝惠貞｜法文 康夙如
插　　畫	Asta Wu
有聲朗讀	指導老師 謝惠貞｜朗讀者 黃薰誼、吳宜珊、李建穎
錄音混音	音樂人多媒體工作室
出版贊助	天母扶輪社、北區扶輪社、明德扶輪社 至善扶輪社、天和扶輪社、天欣扶輪社
出 版 者	前衛出版社
	地址：104056台北市中山區農安街153號4樓之3
	電話：02-25865708｜傳眞：02-25863758
	郵撥帳號：05625551
	購書·業務信箱：a4791@ms15.hinet.net
	投稿·代理信箱：avanguardbook@gmail.com
	官方網站：http://www.avanguard.com.tw
版權所有	天母扶輪社
	電話：02-27135034
	電子信箱：rtienmou@ms38.hinet.net
法律顧問	陽光百合律師事務所
總 經 銷	紅螞蟻圖書有限公司
	地址：114066台北市內湖區舊宗路二段121巷19號
	電話：02-27953656｜傳眞：02-27954100
出版日期	2023年6月初版一刷
定　　價	新台幣 380元

國家圖書館出版品預行編目(CIP)資料

拉封丹寓言集. 1, 蟬á kah狗蟻/Jean de La Fontaine原著；林豪森台譯. -- 初版. -- 臺北市：前衛出版社, 2023.06
　　面；　公分. -- (世界文學台讀少年雙語系列；4)
譯自：Les fables de Jean de La Fontaine–Livre I
ISBN 978-626-7325-11-7(精裝)

876.59　　　　　　　　　　　112007999